優しさのゆくえ

花輪莞爾

Hanawa Kanji

めるくまーる

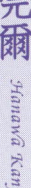

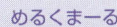

優しさのゆくえ

一 貝殻の血

結婚前だろうが何時《いつ》だったろう。冬晴れの早朝、私は新宿からバスにのり某総合病院にむかった。この種の病院といえば贅沢な建築を思うだろうが、戦前戦中のなごりをのこす昭和三十年代はじめは、薄桃色にぬった羽目板に赤いセメント瓦をのせた病棟をよせあつめの、元陸軍病院だった。すべてが現在《いま》のようになったのは、バブル期とよばれる時代以降のことである。

「お寝坊さんだから、どうせ来られやしないわ」

冗談めかして言っていたK子は病弱ではないが、ながい想い出に病院場面がいくつかあり、これがその最初である——殺風景な構内の北端へ、石畳《いしだたみ》の坂をオーバーの襟《えり》をたててくだる。両側の赤土の崖に現在ではあまり見られぬ霜柱が立っていた。

耳鼻科病棟の玄関でK子は和服姿に、あねさんかぶりで佇《たたず》んでいた。顔はこころもち蒼ざめている。

「思ったより元気そうだね」

「そうもなるわよ。寝て食べてばかりだもの」

耳の手術でも全身の精密検査のため、三日まえから入院せねばならない。仕事のかたづけで走りまわり、そのまま病院に逃げこんでいた。

「消毒薬のにおいって、眠くなるのね。何もしなくていいってなると、人間っていくらでも眠れるのよ」

ともに病室に入ると、陽にやけた白木綿のカーテンに朝日があたり、陰影がなかった。おなじく白いベッドがなければ、田舎の分校舎のようだ。

「お寒い中、ご苦労さまでした」オーバーをぬぐのを手伝い、K子はベッドのはしに坐るなり「怖くなんかない、眠いだけ。血のめぐりが悪いから、ゆうべの睡眠薬がいま効《き》きだしたの」

私は調子をあわせたものの、表情のこわばりが自分で分かった。むこうで女が二人、手振りまじりで喋り、難聴者に特有の喃語《なんご》がはさまってくる。「あれは手術をうけた人たち。ホータイがとれれば、こんな補聴器もいらなくなるかも知れないの」——

これでK子の手術は四度目だという。少女期、T大病院でも受けた。構内の有名な池のまわりを歩くと、水面にコイの稚魚がむらがり藤棚の花がさかりだったが、手術は不成功だった——これを聞くたび、頭をホータイで白ずくめにした少女が、音もなく歩む姿が目にうかぶ。

「でも、今度の手術でなおると知ってても、怖くてやめる人が大勢いるのよ。とくに男の人がそうらしいわ」

と言って、なにか聞きのがしたか気にする風に首をかしげ、窓の外をみて「あ、母がきたわ」と囁いた。和服の小柄な女性が、朝日を背に私が通った坂道をおりてくる。

「母といっしょに待っててね。長い手術だけど、窮屈な思いはさせないでよ」

約束したが自信はなかった。

「お昼の食事は用意してくるわ」

K子はゆったりとはっきり喋った。京都そだちのせいか、難聴が長かったせいなのか——母親は私をみとめて驚いたが、すぐに納得顔になった。細々《こまごま》したものの置き場所について、親娘《おやこ》で言いあっている。

「そこが便利なら、そうなさいな。だけど…」と母親が口をはさんだ。

「ここでいいの」

いつになくK子は張り合っていた。

下着、寝巻などは見えぬほど速く収まり、漬物、福神漬などがでると、K子は目くばせして笑った。

「だっておまえ、病院食はこれがないと、食べられませんよ」

風呂敷をたたみ終え、母親は視線をあらためて娘にそそいだ。

「頭の右半分が剃られてるの。手拭でかくしてるのよ」

いゝ、いゝ、いゝ、あねさんかぶりの意味がいま分かった。K子は誰にともなく、唇をとがらせて見せた。

「皆さん同じなんだからガマンなさい」母親がさとすように言った。

大柄な看護婦がよびに来た。しりごみする患者を促《うなが》すガラガラ声がでる。

「さあ、ペニシリン・ショックの検査だよ。行ってみよう」

ペニシリンの万能薬ぶりが知られるにつれ、そのアレルギーも分かってきた。重症では数分で全身がしびれ、腹痛、呼吸困難、ひどい場合は意識をうしなう。

「あれは心配させまいと、それぱかり気にしてるんですよ」

「でも初めてじゃないから…」と私。

想像不能の手術のことで、気楽に同調するのもはばかられた。

「ぜんぶが負けおしみなんです」

娘の気丈さをいとおしむ言葉だった。


「ペニシリンは合格らしいわ」

襟にアゴをうずめてK子は笑った。入れかわりに執刀医へ挨拶するため母親が出ていった。

「母となんか喋った?」

「きみの性格のことやなんかね」

「お転婆《てんば》だって？」

「いや、負けおしみが強いってさ」

「面白そう。手術の後のいい耳できくからね。母には話してあげるのよ、何でもいいから。母はさばけた人なの、苦労してるけど」

「あまり気をつかうなよ」

母親がさっきの看護婦ともどってきた。K子はすっと私からはなれ、ベッドの端ですましている。

「さあ！始めますよ！」

看護婦の大声、つれ立った小柄なK子がいたいたいけだった。ついでくるりと振りむき、

「それでは行って参ります。お二人とも、ごゆっくりお待ち下さいませ」

K子はおどけて最敬礼し、母親がくすりと笑った。私はなにか一言《ひとこと》を考えつづけた。手術中、激痛のなかで唱《とな》えられる言葉がほしかったのに——

ひと昔まえでは信じられぬ事ばかりが、現在である。住居、輸送、電機、食物……

あまたの大変化がつぎつぎ到来したが、その結果しか知られていない。医療も例外でなく、医師の五感よりコンピュータを信じるとなったとき、思いもしないことに心細かった。こうした急変化が、無謀な戦争をしかけて負けた傷手《いたで》から、回復していない内外のみじめさを隠してしまった。なにしろ生活苦のうえに、この急変に追いつくのに必死だったから。その末、「いくら言いきかせても、子供らは信じてくれない」という、経験者のかか細い嘆きになり、今やそれすら打ち消されている。識者によると戦争のような経験でも、子供までは伝わっても、孫には決して伝わらないという。

そのころの手術には命をかける覚悟が要った。と言っても、なにも分からないだろう。盲腸の手術はまさに、通過儀礼そのものだった。消毒が不十分で腹膜炎になれば、自分の免疫力でなおすほかなく、それが出来なければ終い……それがいつ来るか、寝ながら右下腹部を手でおさえドキドキしていた。脳にちかい抜歯《ばっし》もよくないとされた。現にイギリス王室の者で、親不知《おやしらず》をぬいて亡くなった例がある——その点、中耳炎もおなじだった。

一切をくつがえしたのが、抗生物質である。第二次大戦中、ペニシリンが青カビから発見されたときナチス・ドイツの狂気をさますため、〝傷病兵よ、おまえたち全員の命をすくう薬がアメリカで発明された。ただちに武器をすてて投降せよ〟と、ラジオ放送されたのは、弾丸《たま》で死ぬより感染症の死者が多かったからだ。

子供時代、小川におちたK子はペニシリンに逢うまで長くかかった。責任を感じた父親は自轉車にのせ、医者を駆けまわったが道はとざされていた。戦後も注射一本千円以上と、高値で手がとどかない。ぎゃくに売れっこ作家のMSは、死の直前、万能薬と信じたペニシリンをうちつづけ、死後、体中が青カビだらけだったと聞いている——それほどに病気と新薬とが当事者の幸不幸に、びみょうに関わることは今でも珍しくない——

冬の陽がよどんで空はキャベツ色になり、日向《ひなた》の霜柱がくずれている。

「もう始まったんでしょうかね」

母親がつぶやいた。丸型の掛時計の音のあいまに、ひくい回轉音がしてくる。なににせよ、K子の外耳《がいじ》に刃物の銀色がつきたてられ、内耳の貝殻の内側のような光沢に、幾筋かの血がながれて……

「おーい、なんかくれよ」

不意に声がして、窓の外に子供が三人立っていた。

「食物、た、べ、も、の！」

野球帽の子が金網ごしに手をさしだした。

「ダメだよ、みんなこれだからさ」

一人が耳を指さして難聴者のふりをして言い、もう一人が食べる真似をしてみせた。

「通じない。いつかは呉れたのにな、このケチ！」

三人がののしり始めた。こういう相手かまわずの物乞いの場面から、日本はそろそろ脱《ぬ》けでていたのだが……

看護婦が駆けこんできて、

「麻酔注射があまり効《き》かないので、口からのませるんです」

と、卓上の吸口《すいくち》をとってもどってゆく。

「麻酔が効かない体質になってるんです。何度も手術しましたから」

母親が蒼ざめて言った。時計は正午をまわり、子供らは靄《もや》のなかに去っていった——

K子にはじめて逢ったのは、苦しい受験期をぬけ、大学一年の自由満喫のときだった。町中《まちなか》での大抵は一度きりで終ってしまう出来事だった。K子はアルバイトで近くのパン屋にいただけ、私は学業はそっちのけで画学生のよう、汚いレインコートにカンバス、イーゼル、絵具箱をもって歩きまわっていた。多分、アルバイトという言葉も、まだ生まれてなかったと思う。

K子の目にとまるため毎日、菓子やキャンデイを買いつづけたのに、数日ほどでいなくなった。私は当てもなく歩きまわり、ついに家をつきとめ、臆せずそのまま玄関に入って自己紹介し、お嬢さんとおつき合いできませんか、と申し出た。ちっぽけな自分の大きな執着のはじまり、若さとは健康きわまる不敵な病気にちがいない。

路上ではじめて話すまで、不器用にも何週もかかった。K子はいやな風もなく、胸ポケットから函形の補聴器をつきだして見せ「ごめんなさい」と言った。まるで『水戸黄門』の印籠の力で、一巻がおわる脚本であるかのように。

「…それがどうしたんですか」

私がとっさに問いなおすと、K子の顔にわずかな意外感がはしった。

「急ぐので、ごめんなさい」

K子はすり抜けてゆきすぎ、ふりむいてもう一度、本当にごめんなさい、と丁寧に言い足した。多分、この再度の〝ごめんなさい〟が、ほそく長々しい行路をつないでくれた。若者はすべて妄想の名人、頭のなかはぜんぶ誤解か、知ったかぶりか、非常識か傲慢だったから――

手術の終了は二時のはずだった。簡単な食事のあと、母親との会話はとだえ、壁の丸時計のきざみ音だけになった。秒針の三十秒で長針がカチリと半分すすみ、つぎの三十秒で一分になる。

「あの時計の針、動きがおもしろいですわね」

母親がふと言った。こんな大時計、K子のあとを追いもとめたころ、見るのはいつも街頭のこれだった。駅前や乗換駅の階段そのほかで、どれほど待ちほうけたことか。電車がつくたび客がどっと出てくる。視線を散々むだにして姿をさがす。現在《いま》ならストーカーとして連行されても仕方がない。そんな私にK子はいやな顔はみせず、ふつうに応対してくれた。じつは彼女、中高生時代、今日はどんな服にどんなリボンかなと、全校の男子生徒が覗《のぞ》きにきたというから、視線というものに慣れていたのだろう。

予定をよほどすぎて、手術がおわった。ホータイを巻かれた顔が看護婦の背からベッドに腰かけ、しばらく吐気をうったえても、無色の液がアルミの洗面器におちるだけだった。

「きのうから、なにも召上がっていませんから」

と言い、看護婦は氷嚢《ひょうのう》を用意しますと出ていった。吐く姿のままK子は、

「もうお帰りになったのね」

と、意外にしっかりした声をだした。

「ずっと待っていて下さったのよ」

「どこに……どこ」

私が歩みよったものの、K子はほかを向いたまま「よく見えないけど、おられるらしいわね」と茶目ぽく言った。なにか言おうにも、圧倒されて言葉がない。

「補聴器を出して」

と、ほとんど聴力がなく手術もできない左耳に差し、ようやく私の気配をさぐりあてた。

「……もう大丈夫。ただ、霞がかかってぼうっとしてるの」

「氷嚢はどうしたんでしょ。遅いわねえ」

母親が出ていったとたん、K子は私の手をつよく両手でつつみこみ、

「痛かった……ほんとは、すごく痛かったの」無力な救世主のように私は手をゆだねたままだ「そんなでもないって話だったの。開けてみたら内部《なか》が悪くなってて、脳ちかくまで骨をけずった。それが痛かった……あなただけに教えといてあげる」麻酔がぬけきれぬ口調だった「もっと早く来てればって、先生は残念がっていた」

言葉が舌にねばり、おそってくる苦痛と睡魔とに、精一杯あけた目でたたかっていた――

これがアメリカ生れの新手術、その時点で最良手段だった。自分の内腿の皮膚を機械でうすくそぎ鼓膜がわりにぬいつける。でも、手術は麻酔をひかえ、聴こえるかどうか確かめつつ進めねばならない――国家機密にかかわるスパイへの、新手の拷問

のように残忍なものにちがいない。

「どうなさる」音を一つ一つ拾うようにK子が言った。

「なにをどうするって」

「これでも、もっと悪くなるかも知れない。分からないことなのよ」

「やめろよ。ぜったい諦めない。これが約束だった」

「そう……それが約束」

想えば何度となくこんな問答があった。K子はつぶやきつづけ、頭のホータイのせいで、尼僧をねかしつける風だった。母親がもどってきて、氷嚢をK子の頭の下にさし入れた。K子は私の手を抱いたまま、まどろんでいた。

「あら、冷い！眼がはっきりして、みんなの顔がみえる」

K子は母親に気づいて私の手をはなした。

「麻酔がきれてきたんだよ」と私。

「お二人、お食事はどうしたの」とK子が気づかった。

「簡単にすましたから、そんな心配はいらないのよ」

母親が苦笑まじりに言った。夜が更けるとともにK子は苦しみだした。まだどこか幼なげな頬を激痛がよぎり、思わずホータイに手をやるたび氷嚢の音がした。

「血のながれる音がする」K子がふと言った。

「治ってる証拠だよ。よくガマンできたねえ」

母親の言葉にK子はこっくりした。素直なのか反論する気になれないのか分からない。痛みに高熱がくわわったら危いと聞かされていた。

「痛かったけど泣かなかった。涙がでたけど泣いたんじゃない」

K子はハンカチで顔をおおった。

「なんですねえ、死んだ人みたいですよ」

母親は冗談めかしたが、笑いはなかった。

「絶対に死んだりなんかしない」と言って間をおき「それよりお母さん、なにか買ってきて下さらない」

母親はうなずき、その場の一切を私にゆだねるように笑いかけた。

「この寒さに、お母さんを追いだすのはどうかな」

「かまわないの」

K子は私の手をひきよせ強く言った。

「どうなさる。はっきり返事して」

「よかったよ。結果はどうでも、悪いところが取れたじゃないか」

「ほんとうにそう思う? 血の音がする。いいの、失敗だったら、もう一度手術する。何度でも治るまで」

内耳《ないじ》の貝殻が流す血の誓約だった。貝殻を耳にあてると波の音がすると罪な嘘をついたのは、フランスの詩人ジャン・コクトーだ。もしかして聞こえるかなと耳にあてても、音はどこからもない……と歌えば、もっと気がきいていたのに……私はK子の肩をだき胸をさぐって、膨らみをはじめて愛撫した。

「こんな時に、そんなの狡いわ」

K子は愛撫されるままに言った。ホータイの赤い一点が大きくなり、看護婦がよばれた。

鬱血の圧力であたらしい鼓膜がやぶれれば、一切がムダになる。

「手術は成功でしたが、なお、二、三の処置があるので、向こうへはこびます」

執刀医はこともなげだが、看護婦への口調は緊張していた。要所だけに灯がともり、「立入禁止」の札がぽつりと立つ廊下の奥へ、K子は背負われ、あわただしく去った。

午前三時、さっきの医師がのぞき、

「脳膜にまで多少の影響があって、熱がでたのでしょう。この二、三時間が山ですね」

母親がうなずき医師はつづけて、

「でも、ご心配には及びません。私共を信じてください。お寒いでしょう。なにか持って来させましょう」

しばらくして、小さな電熱器がはこびこまれ、ニクロム線が迷路のように光りだした。現代なら全館冷暖房があたりまえだろうが、その頃、夏の冷房はなし、冬は石炭のダルマストーブがあれば上等だった。それにしても電熱器とは……母親は有難げに手をかざしたものの、すぐにやめて着物の前をかさね合わせた。

看護婦がのぞきこんで、

「あのォ……お嬢さんはいま眠っておられます。峠はこえたとお伝えしろと、言われましたので」

朝の五時だった。母親は看護婦をみて急に電熱器にかざした手を擦りあわせ、

「お寒いですわね。お腹がすいたでしょ」

と、表情をほぐして言った。

「これでは食べるどころじゃないですよ。一度、家にもどって、また来ます」

「ほんとに、ご迷惑でしたねえ。あの子のわがままで、とんだことになって」

始発電車の時刻になっている。坂道に足跡がみだれたまま凍っていた。空に光が射すのをみて私は、一切の約束をひきうけることにした——穴だらけの簡易舗装の道をゆっくり登ると、石畳のむこうに、ぼんやり門がみえはじめた。

二 優しさの住処《すみか》

アメリカ伝来の荒療治で、わずかな聴力を活かしK子は危機をきりぬけた。このときの執刀医・角田忠信《つのだただのぶ》博士は別面でも識られている。アメリカ留学中——戦後すぐで最悪の対日感情に苦しんだことだろう——日本語と他言語の「耳」のちがいを実地調査し、日本人だけが虫の声のような雑音を、ことばとして捉《とら》えていることを発見した。

一九七八年、名著『日本人の脳』、八五年『脳の発見』で、新潮社の日本文学学藝部門で大賞をうけ、漠然としていた日本人の聴覚の特異さを、きっちり証明した。そのせいか一般に日本映画には、自然音、雑音だけの場面がつづくことがよくある。欧米のものは沈黙をおそれるように、必ずお似合いの音楽が入ってくる。

この違いが問題になったのは、スタジオジブリの『もののけ姫』の冒頭部分で、主人公のアシタカが西国へゆくよう命じられるとき、片膝をついたまま不動で、音楽がわりに火の音だけが数十秒つづく。これがせわしないアメリカ人に合わず、短縮するようクレイムがついたが、ジブリ側はゆずらなかった。ちなみにヨーロッパでは問題にならなかったと聞く。日本映画の評価がたかまり、沈黙と具体音が認められたせいか、ちかごろ外国映画で虫の音や風音だけでもたせる画面が、ふえているように思えるのは錯覚だろうか。

いざとなれば、聾《ろう》学校で手話をまなぶ覚悟の私は他方で、生れたての電子工学《エレクトロニクス》の発達で補聴器がちいさくなるのを予感していた。やがて耳かけ式がつくられ、フランス遊学のとき、パリのメトロに「日本が耳をくれた」という広告が、でかでかと貼られていた。ただこれが未来のかんぜんな保証だとは、K子も思いあぐねただろう。

ことが前後するが、この「解決」より前の数年、私どもの仲はぎくしゃくばかりしていた。K子とその兄弟も、両親ゆずりの、おおらかな上品さをそなえていた。その理由はすぐに分かる。

問題は私の方で、家庭内にたえずわき上がる黒雲の中にあった。傍《はた》迷惑なのは、かつて秀才だったと誇る連中、嘘でいばる連中もいるが、これはすぐバレるから愛嬌がある。困り者は学年をすべて秀才で通した裁判官の父自身だった。よく知らないが父の世界では、難関で有名な司法試験にはじまり、昇級試験の成績ごとにすべてが決まるのだろうか。一生、一位二位をあらわす金時計だの銀時計（ただし懐中時計）だの言いつづけていた。

この「時計男」が上座《かみざ》にすわり、金でも銀でもない家族は、食事という「法廷」につらなる「被告」になってしまう。当時はなぜ食事ごとに、そろって坐っていたのか不思議な話だ。気の毒な長兄は幼いときから裁かれつづけ、量刑こそきまってないが有罪にきまっていた。軍隊から帰り大学にもどりはしたが、大いにぐれていて、学問無用の応援団長になり空手の稽古にはげみ、ついには新宿駅東口のヤクザの一員になって、「あのお堅いお父様なのに、どうしたことでしょう」と、近所でひとり顰蹙《ひんしゅく》をかっていた。

当時、日本一の盛場・新宿駅東口を占拠していたのは、尾津組マーケットだった。ヤクザには二種類あり、一つはギャンブルを主とする手荒な博徒《ばくと》、もう一つは「寅さん」のように店舗をもてぬ商人をまとめて保護するテキヤで、尾津組はこれになる。

当時の新宿はわずかに伊勢丹、三越（両店とも三階以上は占領軍に接収されていた）、二幸（現アルタ）高野、中村屋、武蔵野館などが形だけをのこし、ほかの焼野原をテキヤのバラックがびっしり埋めつくし、物資不足の折、〃ないものはない〃と豪語していた。親分の尾津喜之助はけっこう人気者で、〃光は新宿より〃をとなえて議員に立候補したが落選した。

長兄はそこに「就職」したわけである。おかげで私はあたりの二流三流の映画館なら、舎弟ということで只で入れたし、母や姉もどこにもないアメリカ産のラックス化粧品を手にすることもできた。大学出の待遇があって、みかじめ料の徴集でもしていたのだろうか。とにかく恐らく父の口ききで足をあらうまで、裁判官とヤクザは同じ屋根の下にすみ、同じ電車で通勤していた（ヤクザもやはり通勤するのだ）。

家長を上座に、そろって神妙に食事をする習わしにもどるが、それが見られるのは長谷川町子の『サザエさん』ぐらいになっている。この家庭の「統制」が猛威をふるったのは、直前に戦前戦中の「国家統制」があったからで、これが戦後にまで尾をひいた。柳田國男によると、維新以後、日本人すべてがサムライになって、武家の作法を見習ったこともたしかだが……ただし江戸期の宣教師の観察では、庶民の仕事ぶりは実にのんびりして休みもたっぷりとり、もっと意外なのは子供を叱らず放任するので、子供はやりたい放題、家畜のように子供をしつける母国をもつ宣教師を呆れさせている。

そういえば子供のころ読んだ二宮尊徳《そんとく》――忘れ去られているが緊縮財政とエコを説く江戸後期の農政家――が、家を建てていたとき、子供がぬりたてのカベを通りぬけたいと言いだした。叱って止めるだろうと思えば、尊徳は大工にたのんでカベを壊してもらい、子供にくぐらせたというエピソードを憶いだした。これは一体、どういうことなのか、さっぱり分からぬし、躾が甘いと言っても、これにはなにか異常な思いを幼い私も感じた。

さらに間のわるいことに、とんでもなく野卑な連中がわが家に出入りしていた。向かいの借家にたむろする遠縁の帝大生（現東大生）どもが、夕飯刻になると乗りこんでくる。川端康成の『伊豆の踊子』の主人公とおなじ身分だが、あんなものではない。超エリートを嵩《かさ》にかかって、弊衣破帽《へいいはぼう》（ぼろ衣服にやぶれ帽）、珍妙な言動をバンカラと称し、わざとらしくやらかす——現代は昔より物騒だとよく言うが、とんだ錯覚で、ことに弱者、弱い性への人を人とも思わぬ旧高等学生などの蛮行が数に入っていないと、犯罪学者は書いている。

「おい、オンケル（小父のドイツ語）、どうだ景気は！やって来たぞ！」

父はまんざらでもなく笑顔でむかえる。家族としても父といっしょの陰気な食事からすれば、こんな客でもまだまぎれる。毎度、日本酒であるはずがないので、カストリ（下等な密造酒）や、エチルアルコール入りの怪しい飲料だったろう。一字ちがいだが有毒なメチルアルコールを呑みすぎ、裏の家で映画プロデューサーの某が死んだとの噂があった。

やがて放歌高吟《ほうかこうぎん》の嵐になる。

〽溶けて流れてノーエ、溶けて流れてノーエ、溶けてサイサイ、流れて三島に注ぐ。三島女郎衆《じょろしゅ》はノーエ、三島女郎衆はノーエ、三島サイサイ、女郎衆はお化粧が長い。おッ化粧《けしょ》長けりゃノーエ、おッ化粧長けりゃノーエ、お化粧サイサイ、長けりゃお客がこまる。おッ客こまればノーエ、おッ客こまればノーエ、お客サイサイ……。

『ノーエ節』はご覧のように尻とり歌で、かなり迷惑につづくがまだ上品な方、ついには公表できぬ卑猥になる。こんな席に長兄が居候《いそうろう》の子分「高橋の鉄」をつれて加わるのだから、一座はやんわり収まりそうにない。帝大生と学のない応援団長と腕っ節だけの高橋の鉄（いつも恐縮はしていた）とが混じりあうと、表面は父がおさえていても、すでに異種格闘試合になっている。父としても、そんな長男をエリートに混ぜることに、内心おおいに恥じていて、それを隠すためか虚勢のためか、酔ってはしゃいでいたのかも知れない。

そのうち泥酔からつかみ合いのケンカが始まり、女たちが止めに入るので、シャツ類がちぎれとぶ。毎晩のはずはないのだが、フスマ一枚へだて隣室でフトンをかぶって耐えていた身には、そうとしか思えなかった——ただ、単純にこの連中の非難はできない。二度とみじめでやけっぱちな歌をうたわぬよう、壊れた日本を支えあげ現状に近づけるのに、元兵士の身を粉《こ》にしたのは彼らだからだ。

悪いことに私は、世の家族はすべて同程度に呪われていると考えていた。通っていた学園のリベラルな校風が、世に通用すると思っていたのと同じで、とんだ錯覚だった。もっとも後に子供が公立校にゆき、理念のない教育のまずしさに別のショックをうけたものだが。いずれにせよ、こんな少年期にあったのだから、性格にゆがみがなかったとは到底いえまい。

顔も性格も柄《がら》もわるい、ひとの面前でタバコをすぱすぱやるわ、大酒をやるわ、部屋中に絵具をまきちらし、それでも文学青年を気どっていた最悪の私だから、K子とは小さな、ときに大きな仲違《なかたが》いばかりしていた。こじれて二、三ヶ月逢えぬこともよくあった——まあ、どのカップルも似たようなものだろうが。

奇妙なことに家がちかいせいか、ひょんな場所で、ひょんな時に出逢っての、交際再開が何度もある。もう二度と会えまいと諦め、ちかくのグラウンドへゆくと、黒のスコッチ・テリア（ウィスキー「ブラック・アンド・ホワイト」の商標犬。帰国した米人にたまたま譲られて飼っていた）を散歩させているK子に、ばったり逢ったりした。この様に、なぜか知らないが、二人で同時に同じことをしてしまう何かの「縁《えにし》」があると、どこかで読んだが思いだせない。夫婦の日常で、よく考えや行動がかち合うとか、ある人のことを考えていると、その人から電話がくるとか、これが偶然なのか縁なのか分からぬが、偉大な精神分析医C・G・ユングはこれを「意味のある偶然」と呼んでいた。ユングが尊重した東洋の宗教に、こうした考え方がよくあるので、詳しい人に尋ねたが分からなかった――これもまた、どのカップルにもあることで、その頻度の差で二人一緒の長短がきまるのではあるまいか。

ちょうど大学生活のころ、いわゆる六十年安保とよばれる一連の騒動に社会全体、ことに大学がまきこまれていた。深く語ればキリのない事態だが、アメリカとソビエトとの冷戦にまきこまれるのを嫌い、アメリカとの安全保障条約をやめ、日本をスイスのような永世中立国にしたいとの願いが国民全体にみなぎり、アメリカの言いなりの政権を嫌悪する機運がたかまっていた。

これが正しかったかどうか、その後の情勢でおのずと明らかになり、かなしくとも日本はアメリカの傘下にいるほかないと、ますます証明されて来ている。それはともかく、大衆が退《ひ》いてしまった後をうけた学生運動家は、みるまに孤立してゆくと共に過激化して、甘い体制の各大学に学生自治と称してひそんでは、派閥同士でウチゲバ（ウチは内、ゲバはドイツ語のゲバルト、武力闘争の意）という末期症状におちいっていた。

どうして私が過激派側にならなかったのか、むこうみずの亥歳《いのしし》だけに不思議だが、内ゲバと同時に誰もがその本性を知りはじめたし、なによりK子ひとりに向かっていたからだと、最近になって分かった。なぜなら後に作家のはしくれで活動してきたのをみると、いずれも「突進」をともなっているからだ。

学生時代は元祖「呪われた詩人」のフランス世紀末の天才アルチュール・ランボー、一転して坂本龍馬、石原莞爾（みな「使命」にはまっている人物）の評伝や研究、つぎに夢の追求と夢日記、悪夢小説の執筆など、いずれも「突進」をともなったが、K子のことはあまり自然なので長く気づかずにいた。ばかな話だが、K子と出逢って一応の「約束」まで、八年もかかってしまった。青春の入口も変てこだが、出口にも妙な混乱がある。

「約束」は相手と結ばれることと同時に、職をえてこの家族から離れることでもあった。でも、それをはたす道はいっこうに開かなかった。実業世界は当時の私にとって、表面がつるつるで手掛りのない世界だった。筆記試験はいいが面接でやられる。

これの読者の方々には、言うまでもないことだろう。二十代の若者が居ならんだ人事課のベテランの目をくらますなど、できない話、腹のそこまで読まれている。柔道で高段者とくみあうと、小柄な相手を力まかせに攻めても、すべて読まれて技がかからぬのと同じだ。ついに「失礼ながらあなたには、教育者という道があると思いますが…」と来る。

「ねえ、君、それをすすめられたら、死刑判決とおなじだよ」

と、先輩が笑いながら教えてくれた。まさにその通り、まもなく「……わざわざ弊社をお選び下さり、まことに有難く……ただ残念ながらご希望には添いがたく…」

と、馬鹿ていねいで、封筒と書簡の紙だけが上質なおしらせを頂くことになる。

　これの総仕上げが友人のAと私とで、どうせ駄目だからお遊びでと、さる一流紙を受けたときだった。お遊びだからか筆記でなんとAが二位、つぎが私、一位の人が欠席したので事実上は最上位だった。想えばこれこそわが絶頂点、あとはどんどん下降するばかりだ。

　面接の待合室には文弱な私らとは異種の、たくましい大男が何人もいた。なるほど紙面づくりには危険な山での撮影などあり、そんな肉体も要るのだと、かなり後に分かったのも、うかつな話だった。結果は面接でAは合格、私は蹴られた。筆記で一位のきざ野郎はどこにいるのだろう。

　実はあのバンカラの一人が、姉と結婚して社の上層におり、筆記を通ればよほどの事がないと落ちない手筈《てはず》になっていて、順位を知ったのも彼からである。ところが幼少時代の後遺症、いたずら心がここでも出た。身上書の母親のつとめ先の項に、「おもに自宅近辺」とへらず口を書きこみ、面接でその点をつかれた。私はなんとまあ、ユーモアのない連中だと思ったが、こういうのを蛇足の典型というべきだろう。慨嘆した義兄に、なぜあんなバカを書いたのかと詰《なじ》られた。屁理屈で反論しつつ私は肚の中で、大新聞の狭量をわらっていた。人生の進路、人事決定はけして偶然ではなく、結婚も当然、一種の人事になっている——

ところが人生は一筋縄ではいかない。小さな大学の一教員になって十年ほどたち、「文壇」からはずれた小説の初出版のとき、かの友人Aと呑むことになった。すると会うなり、懐しいねえもなくAは開口一番、

「いやあ、君ねえ、ここに入らなくて本当によかったよ！」

と、もうすでに目をうるませている。

「どうして。高給を食《は》んでるんだろ」

「それほどじゃないし、第一、なんの自由もない。人生全部を買いとられたようなもんさ。情けないいな」

と、泣き事——本当に泣いていた——を散々にきかされた。それからほどなく、かの重役の義兄も悪質なガンで急死した。これは大きな痛手だったが、不思議にもあのバンカラどもも、粗暴で大声だった順につぎつぎ片がついてしまった。

今になって思うと、強弁でなく私は、大学という職場までたどる道を導かれたようにみえる。やはり人事は偶然ではない。入社試験を失敗するたび一部始終をK子につたえたのだが、彼女は驚かず残念がりもせず、「あらそう、またがんばればいいのよ」としか言わなかった。よくよく考えるに私は、心の奥底ではあの一流紙社に入りたくなかったのではあるまいか。

奇妙といえば近くにT撮影所があり、隣りがその研究分室だった因縁もあり、幼少から映画好きだったのに、この世界にゆく気がまるでなかった。いちばん楽じゃない、とよく言われるが、頭にぜんぜんなかったのは、正面だけでウラはお粗末な撮影セットを見すぎたせいか、隣りの分室からの雑音がうるさいと、酔っぱらったヤクザとバンカラが喧嘩腰でたびたび、乗りこんでいたせいかも知れない。

同じことが司法畑にも言える。裁判官の父は私が文学ごとき「食ってゆけぬ」虚学《きょがく》にあるのが不満だった。文弱な私は中学生ごろから父と全面対決、何十年後の死まで、おなじ屋根の下で顔もみず口もきかずで、仲介の母をわずらわしてきた。父などは撮影所の大道具とおなじ、正面だけりっぱだが裏は雨ざらしで腐った代物《しろもの》と決めつけてきた。同じ分野にいれば、ずっと出世できたのに、とよく言われる。しかしこれは、自宅になる柿や栗などを、かくべつ食いたくないのと同じ心理だろう。

この父が意外や、K子を一目みるや、一変してしまった。彼女が耳の不安をもらすと、父はこう言ったという——人には美点がさまざまある。耳が遠いという欠点があっても、ほかに山ほど美点があるなら、それでいいじゃないか。安心してこの家にいらっしゃい。

父は生涯、どれだけ判決したか知らぬが、これは最上のものの一つだろう。

父は若いころ白樺派に憧れるなど、実は堅い一方ではなかった。極貧から身をおこした父に、このグループは似合わないが、有島武郎《たけお》（一八七八—一九二三）に接近しようとしたらしく、返事の葉書が一通、古色をおびてのこっていた。蔵書には当時の宗教ブームをうつして、武者小路実篤の仏教エピソード集とならんで、分厚い落語全集もあり、ぜんぶルビ付きなので私は幼いころから大の落語通だった。調子者の友人をそそのかし、中学の学芸会（今は文化祭か？）で落語をやらせると、『寿限無《じゅげむ》』あたりでお

茶をにごすと思えば、

「――ええ、なんでござんすな、お殿方はなんと言ってもご婦人に惚れるという……」とやりだし、父母席が爆笑し、友人は大目玉をくらったが、なぜか私にお咎《とが》めはなかった。物心ついての楽しみは寄席やラジオ演芸しかなかったので、私の奥底には落語がひそんでいる。たかが落語というなかれ。古くは落し咄《ばなし》とも言い、これを発展させた浮世草子《ぞう》で腕をふるったのが井原西鶴（一六四二―九三）、これがもしかして世界最高の小説家かも知れぬと断定したのが『新釈諸国噺』を書いた太宰治ではなかったろうか。

それはともかく、あとでK子から「あの時のお父様の一言が、大きな後押しだったのよ」と聞かされ、相当以上におどろいた。抗生物質、アメリカ渡来の手術、補聴器の進歩、別れても再会する「縁」などなど、大小の奇跡のなかの一つだった。

裁判官は人相見でもある。人相だけで裁きはしないが、法廷で顔をまず観るのは自然なことだ。よほど気に入ったのだろう、父は預金通帳をすべてK子に預ける信頼ぶりだった。

私の母は東北地方の大地主の長女、のんびり屋で整理能力をうたがわれている（私も同じ）から、ある意味ムリもないのだが、父が危篤のとき、通帳がないと騒ぐなか、ここにご座います、と嫁が出してみせたから異例のこと、驚くにきまっている――この信頼は母もおなじで、最晩年、何があっても肉親をさておき「K子さん、K子さん…」と、甘えてわがままばかり言っていた。

そうこうするうち、長兄は家から縁をきって遠方で家庭をもち、あの野蛮な帝大生どもも、それぞれ就職しそれなりに出世していった。父を「封建のバカ親父」などとどなっていた無礼はつゆ見せず、面接には学生服で神妙面《づら》になりきると聞かされ、私などは恥知らずの猫かぶりだと心中おもしろくなかった。「封建」とはむかしの封建制のこと。世界の歴史でこれを経《へ》たのはヨーロッパの一部と日本だけで近代への足がかり、そう非難一方のことではないが、このときは権威をおとしめる悪口だった。

父は父で年令をかんがえ、裁判所をやめると公証人になった。大きな声では言えぬが、地味なくせに弁護士とならぶ結構な商売なのである。ここでまた、公証人役場の部下をよんでの宴会になるたび、K子を手伝いにと呼びよせ傍《かたわ》らに坐らせ、大はしゃぎで酒をあびベロベロになる。

客が退散したあとも、おきまりの自慢話がはじまると、家族はK子をのこして茶の間にしりぞき、

「あんな酔ぱらいに、K子さんはよくつき合えるわね」

などと歓談しつつ呆れている。父親にはやく死なれたK子には、こんな醜態もべつに見えるのか、ニコニコしながら相槌をうちつづけた。

「おなじ話を何度も何度もなさるのよ。でも皆な逃げちゃうんだもの、仕方ないじゃない」

K子はこぼすでもなく、おっとり笑っていた。おとなしく心がけのいい娘が、理由のない災難から思わぬ救いの手でのがれ、やがて幸せになる……そんな童話がよくある。なにしろ、あの手術をのり切ったのだから。ついでに言うと、末っ子の私の婚姻話は、童話の世界では父王の権力がすでにおとろえ、後継者にうつりはじめたことを意味する。童話は見かけとちがい、深くむき出された人間ドラマだから容赦がない。

酔うたびに、わが寿命は永遠だなどと根拠のない自慢をする父だったが、あの繰言《くりごと》

をみると認知症とアルコール依存症がありそうで、決算がせまってる予感があったろう。なにしろ長男をあゝ育てたのが大きな恥で、親戚の秀才どもとくらべれば一目瞭然なのが一層つらい。長男が不在のときなど、

「まったく家の者はどうかしている。とくにあのヤクザときたら……」

など言おうものならバンカラどもが、この刻とばかり優秀な頭脳をかたむけ、

「でも、そうしたのはオンケルじゃないですか。いまさら文句をいうのは変でしょ」

と来る。

「いや、ほかの者だってなんと言うか……」

「オンケルのものが全部は遺伝しませんよ。でもみなオンケル似ですよ」

「うむ……」

などと反論もままならず立往生している。そこで面白くない口論はやめて、また酒に酒をつぐ宵になっていくのだが……

それでも私の将来の見通しがたち、婚約がきまると、父は敷地のすみに小さな家をたててくれた。人は結婚のために家をたて、働くために家をたて、死ぬために家をた

てるという、どこかの国――たぶんロシア――の諺にあるとおりである。

K子の一家は父親を早くうしない、気丈な母親のもと家産をくずしつつ、よくある借家で暮らしていた。彼女が高校までで勤めについたのも、そのせいだし、つねにさっぱりした清楚な服装なのは、しっかり者の母親のおかげだった。

父親は戦前から全盛にあった映画界にいた。ナチス・ドイツでヒトラーをしのぐ「魔教の大僧官」、ゲッベルス宣伝相きもいりの統合映画会社UFA《ウーファー》が先輩だが、ドイツ一辺倒《いっぺんとう》の日本の軍部も総力戦に人心をあつめるために、新メディアの映画に優遇と統制をあたえていた。そうならばK子の父親が競走馬をもち、娘たちを育てる女中が二人いたというのも、私の父の役人風情《ふぜい》とちがうのも、当然な話である。とはいえ人余りの時代、わが家にも女中さんはいたものだが……

戦後でもテレビ出現まえの映画界の活況は、いまでは思いもよらない。フィルムが高価なため二つの館で二本立てを組み、A作B作を他ではB作A作の順にし、休憩時間に自転車の兄ちゃんが猛スピードで、大きなフィルム缶を五、六本つんで交換にはしっていた。どこの館もあまりの大入りで客席のドアがしまらず、人々はトイレの臭いのする廊下から背のびしてのぞき観ていた。

K子の父親は円谷《つぶらや》英二のもとで、やがて世界を仰天させる特殊効果撮影のさきがけに関わっていたと思われる。太平洋戦争勃発《ぼっぱつ》が昭和十六年（一九四一）十二月八日、そのころ敏腕助監督の黒澤明が処女作『姿三四郎』にかかっていたため、山本嘉次郎監督の早撮《ど》り、円谷の特撮で『ハワイ・マレー沖海戦』という国威発揚映画がつくられた。

パール・ハーバーにみたてた汚い人工池にみごとな戦艦模型がうかび、人々が胸まで水につかって、あれこれ準備しているのを、いつも秘密めかしている撮影所としては珍しく、ご近所が（当然K子も）まねかれて見学した。日本連合艦隊の愚行として悪名たかい奇襲で、やがて全滅する模型の職人芸のできばえを、記念として見せたかったのだろう。

映画通の作家・小林信彦氏によると円谷がもっとも苦心したのは、魚雷が敵艦に命中するときの水柱（三メートルの高さ）だったという。私がのちに聞いたのでは、ヤシがしげる海岸線をゼロ戦が何機もかすめる一瞬など、どうやって撮ったのか、アメリカ映画人にショックをあたえたという。でも背景の山などもボール紙やらなにやら、ひどい材料でつくられていたと小林氏はビデオで観て言われているが、その通りだろうとしか言いようがない（小林信彦「本音を申せば」連載六八三回 週刊文春）。

撮影所の「城下町」だから、ブリキ屋の店先にも高圧線の鉄塔模型が、無造作にたてかけてあった。特撮ではこれからすべてが始まったと世界に言わせた名作『ゴジラ』（昭和二七年、一九五四）が、東京湾から上陸し手はじめにつかみかかり、感電の火花をちらした鉄塔だろう。監督の本多猪四郎《いしろう》は二・二六事件（昭和一一年、一九三六）のとき、歩兵第一連隊に属し、皇道派青年将校にひきいられて出兵したものの、帰順勧告にしたがった人である。元帝国軍人らしく〝ゴジラ〟に乱暴はさせても皇居を襲わせはしなかった。もっとも生物学者の昭和天皇がじかに見れば〝ゴジラ〟ではなく、別の学名を言われたことだろう。

これらを横目にしつつ、船や車の模型は見るのも作るのも大好きな私が、なぜか映画会社にむかう気になれなかった。円谷の高度技術の孫というべきか、スピルバーグの『未知との遭遇』などで、日本の精密なプラモデルが役立ったとされるが、詳細はくわしい人にまかせよう。あの幕切れちかく、雲間から宇宙人の母船《マザーシップ》が壮大なすがたをみせ、繊細なアンテナがまずぬっと現れたときの、言葉もなくふるえる（館そのものが振動装置になっていた）だけの衝撃――そんな形で私は、日本特撮界につながっていた訳だ。

今になって想うと、わが家は貧乏ではなかったが、敗戦で一等国から四等国になったと、やけのやんぱちの猥歌をがなっていた酒乱集団、K子がわといえば、父親の死で裕福でなかったかも知れぬが、周囲は時代の華だったのだから、対照のほどは隠しようもない。対照はそれだけではない。私の父からするとまずまずの地位にありながら、子供の教育に失敗してしまう。対してK子の母親は細腕で六人の子供をりっぱに育てあげたではないか。だから彼女がはじめて来宅したとき父は、第一声から驚きと敬意をくりかえし、下にもおかず恐縮しているのを見た。

K子の伯母は女優でかつ衣笠貞之助《きぬがさていのすけ》の奥方だった。いまや知る人もへったが、衣笠は映画草創《そうそう》期に女形《おやま》俳優として活躍、監督として昭和二八年（一九五三）『地獄門』でカンヌ映画祭の大賞をとり、日本映画の国際化に貢献した人、同時代に黒澤明、溝口健二、稲垣浩、小津安二郎などなど巨匠がぞろぞろいる。衣笠は女形あがりとしては珍しく、アヴァンギャルドでもならした監督だった。一九二六年、新感覚派流の『狂った一頁』、二八年にチャンバラのない時代劇『十字路』をつくり、二本を携えてドイツほかを訪ね、海外で声価をえた最初の日本人映画監督となった。『十字路』は大賞獲得を祝して特別興行があった折（?）、私も観て難解だと感じたおぼえがある。

衣笠は私鉄で駅三つはなれた地に能舞台つきの大邸宅をかまえ、K子を子供のころから可愛がっていた。私の父とおなじで、なにやらの集りのたび、K子をよびだし脇に坐らせていたという。彼が重用《ちょうよう》していた林長二郎（のちの長谷川一夫）をはじめ、名だたる俳優女優が出入りしてK子をちやほやした。前記のアヴァンギャルド作の興行失敗で多大な借金をつくり、林長二郎をひきぬいて稼がせた訳である。K子はそうした形で映画界の裏を知ることになり、勧められても入る気はなかったらしい。彼女が知るかぎりその世界は、雑駁《ざっぱく》としていい加減な人間がわんさといる処だった。

たとえば家にやってきて大道具小道具に適当なものをみつけると、〝これを拝借します〃と持ちだして、用ずみ後もけして戻ってこないなど日常茶飯事だったが、とびきりお人好しの父親は長年、目をつぶったままだった。子煩悩なうえに、物資不足の時代、誰かれなく高価なものをほどこしてしまい、子供にもそう教えこんだ人物だったらしい。

高性能で目立たぬ補聴器がつくられ、K子にその気があったら当然、はるかに大勢の方々にお目通りしたことだろう。きっぱり断ったあたりにも、右をむいて坐れと言われれば、いつまでもそうしていた…と言うほど素直な半面、母親ゆずりで芯がつよいと分かる。K子の弟は子役として怪獣映画に出ていたが、交通事故で他界している。弟とともに映画に一度出たこともあるが、言葉どおり坐りつづけていたらしい。

さらに驚いたのだが婚約のころ、K子のためならと衣笠自身がタクシーで気軽に何回か、わが家にきて父と話をしたという。映画監督と司法官、まさに対極の二人だが、案外、気心があって歓談できただろう。父は厳しい半面、歌舞伎など藝事にはかなり詳しい人だった。その辺のことをなぜ私が知らないのかさっぱり分からないが、裏でこそこそやるのが嫌いな私には、下手に言うとうるさいと皆で秘密にしておいたらしい。後も超ミーハーな母が何度か、K子や母親の仲介で衣笠邸をたずね、いつもながら意味不明なお喋りで長居していたらしい。とにかくこんな一家ならK子にもよかろうと、親がわりの大監督も煙にまかれたのは事実だ。

愛する姪のことなので、三越にとくべつ注文した縮緬地《ちりめんじ》を、うすいタマゴ色にそめ、江戸小紋をあしらった反物《たんもの》に帯をつけて買い上げ、K子の母親に仕立てさせた。長年、女優やらの着物の仕立てで一家をささえてきたので腕は折紙《おりがみ》つきである。母が亡くなり着付けも気軽にできず、着てゆく当てもそうはないので、三、四回しか着姿をみたことがない。民族衣裳を着るために、学校まである国は誰も言わぬが、おそらく日本だけである。

私どもは話合いで結婚式はせず記念写真だけ、披露宴も家でもよおす形ですました。異例にみえようが、わが家は祝儀をすべて内輪にして、浮いた金はほかにつかう不文律があった。高度成長、ついでバブルの以前は、大抵はこんなものだった。

「りっぱな式をあげて、すぐ別れる夫婦もあれば、一切なしで添いとげるのもいるだろ。全部、二人だけの問題じゃないか」
と、我流をいうとK子は「そうね」と、静かにうなずくだけだった。裏でそんな遣《や》りとりがあったせいではあるまいが、大した面倒も騒ぎもなしに、彼女はすんなりわが家にやってきた。

新婚旅行から帰って新居におさまり、翌朝、玄関をあけると、せまい前庭の垣根ごしに何十もの顔が横ならびにのぞいている。右隣りは撮影所の研究施設の石塀なのだが、その上にも顔がならんでいる。どこでどう知られたのか、K子の嫁入りがかねて噂になっていたらしい。

顔たちはさすがに恥じたのか、一つ二つと消えていったが、K子についての最初の驚きだった。その時は二人とも若いし、大して気にしていなかったが、いま思うと奇妙なことがいくつかある。たとえばその年代、町内によくいた究極のガンコ親父とのいきさつである。

亡くなってからその人物、内村鑑三のながれをくむ無教会派——教会をもたず聖書研究を主とする——の牧師だと知ったが、和服とステッキでゆうぜんと道の真ン中を散歩していても、顔見知りにあうと、にわかに慌てて咳ばらいしつつ顔をそむけるという、一目《ひとめ》、生きにくいことを何十年もつづけていた。ちなみに真ン中を歩けるのは、車などほとんど通らぬため。

ところが新婚生活がはじまって数日後、路上でK子とその親父が談笑しているではないか。親父は見たこともなく相好《そうごう》をくずし、しきりに話しかけている。あれは誰とも話さないんで有名な人だと教えると、

「あらそう。知らなかったから、道を掃いてる時ご挨拶すると、とても嬉しそうに喋ってこられたのよ」

と、K子は事もなげに言った。

それだけに終らなかった。その爺さんは家族全員に、あそこにこれこれの女性がおる。ついてはお前達も会いに行って、さっそく友達になるようにと厳命し、つきあいは今もつづいている。「奇跡」はさらにあって、以来、爺さんはわが家族はもとより近所の人々とも、話しあえる仲になっていった——よく童話などにある筋だが、事実だから妙なのだ。要するに普通の人はもとより、老人と子供と動物には、無条件で

好かれる女性だと分かった。犬と散歩中の人とすれちがうと、道の両端同士だとしても、飼主をひっぱって犬がちかづいてくる。

世には人心掌握《しょうあく》術と称し、「いかにして他人《ひと》を動かすか」とか「いかに納得させるか」など、ベストセラーでもやがて古本屋の百円均一の台にのる本が山ほどある。もとより努力なしに他人をうごかすのは、難しいに決まっている。

ところがK子の場合は、「術」をはるかに超え、気づかぬうちにまるごと他人を包みこむ、そんな力があるように思えた。初対面の人でも臆せず正面から笑顔ですすみ寄るし、逆に近づいてくる人もけして拒《こば》まない。いつの間に親しくなり二、三言しゃべって知己にしてしまう。道で逢った知らない女性を、「そこでお会いしてお友達になったの」と、連れてきて談笑して別れ、以後、長くつき合っている例もある。

これが尋常でない場合もあった。偶然に知ったのは中年の女性、とりたてて話題もなく語りあって別れた。ところが数日後に手紙がきて、実はお逢いする前の自分は、自殺する覚悟でさまよっていたのが、ふとお宅様と目が合い話しているうちに、その気がなくなっていました。本当にありがとう存じました……との内容だった。

「あら大変、そうだったの」

と、K子は平然と言うだけだったし、私も特別ななにかを感じはしなかった。その女《ひと》は何度かK子と会って話し、自暴自棄からかんぜんに脱《ぬ》けることができた。よくK子さんにはお世話になりましたと、私も丁寧に言われることがあるが、そこにはただの挨拶や世辞でなく、こうした例がいくらか混っているかも知れない。

ふつうの会話の効果がこれなら、説得する力のほども分かってくる。子育てが終ってからは、もちまえの世話好きもあって、地元のボランティア活動を掛持《かけも》ちしていたが、性格から表立つことはさけていたはずである。

後によく目にしたのだが、ある会で順ぐりに役員になる規定なのに、一度も役員になろうとしない偏屈者《へんくつ》がいる。何人かが説得にでむいたが押しつけはできない。

「あの人なら一度お会いしたから、言ってみますわ」

と、K子が気軽におもむき、ほどなく「承知して下さいました」と涼しい顔で言い、一同、黙ってしまった。〝K子さんは何かずるい事をやってる〟との、やっかみめいた陰口もあったが、私からみると不思議でもなんでもない。なにかに導かれているほどの力、人懐《ひとなつ》っこい笑顔にあらがえず、つい承知してしまうらしい。なにしろ町内一のガンコ親父や、自殺の覚悟を一変させた力なのだから……

その後、とりたてて不幸も変事もないゆるやかな五十年がながれた。これだけでも、「心がけのよい」妻の家庭にしかありえぬ、童話風の珍例なのかも知れない――K子は細い体をまめに動かし、家事万端をこなし、私の母と自分の母親の最期の世話をやりとげ、子供二人をそだてあげ、樹木や草花などを根づかせ、犬、猫、半ノラ猫など、すべてのペットを懐《なつ》かせ、寿命をまっとうさせた。そんなこと以外、不思議なことに、とくに想い出すこともない。

とはいえ、そんなに滑らかに人生がすすむはずがない。たしかにケンカや諍《いさか》いはほとんどなかった。親子の深刻な対立――世はこれで満ちているが――もなかった。もっとも私は父の暴君ぶりを反面教師にして、なるべく子供を訓育するなどをさけ、K子に万事ゆだねたのが、好回転の原因だったとおもう。

いちばんの問題は、やはり私自身だった。ものぐさ、不精、無頓着、いいかげん、汚な好き——言葉はちがうがみな同じ意味——だから、そもそも、誰にたいしてだろうと、教訓をたれる資格がない。ただひとつの反撃は心理学からみても、ぎゃくの潔癖、整理整頓、きれい好きには、創意工夫がとぼしいという欠点があることだ。これに不満の方は、私にではなく、そう書いている心理学（者）に文句を言ってほしい。せめて一生に一度でも、明窓浄几《めいそうじょうき》でちょっと書いてみたいが、どうせ直後にごちゃごちゃになるから、とうてい叶わぬ夢である。かたづいた居間に壁をへだてて、ホームレスが巣くっているのがわが家である。

これでは、いかに「心がけのいい」K子とでも、なにかと行きちがいが生じる。妻はべつに潔癖症ではないが、夫のふだんの振舞いに不満のたまらぬはずがない。野人の私はテーブルなどでの所作を一つ一つ注意され、少しずつ「文化人」へ近づくのに、ありがたいことに何十年もかかった。

困ることがまだまだある。

一つは学者、作家などという者、べつに無精でなくとも自然に本類、それの子分の紙類、チンピラの紙きれなどが野放図にふえ、卵をうんで増殖、けして減らないことだ。ベッドをふくめ散らかし放題のゴミ屋敷の主人のようになり果て、なお悪化するばかりだ。

これは自業自得として、困るのはこれが二人の男の子に遺伝している。二人が子供のときから、部屋は形容しがたく荒涼としていて、訳のわからぬものが散乱している。私の部屋は前述のとおり紙類が主だが、こちらは何かの鉄片や部品やネジクギのようなもの、下手に歩けばぐさりとくる。

「何とか言って下さいよ。あの汚さでも掃除すると怒るんですよ」

と、K子がなげくのも尤もな話で、多分、あの有様にもそれなりの理由があり、他人がいじると分からなくなってしまうのだろう。私もそうだが、どんな散らかしにも犯人の心の中には、なにか筋立てがあるのだ。

いまだに尊敬する最大規模の散乱ぶりを、家庭教師ででかけた田園調布の古い家でみたことがある。たまたまトイレをかりに廊下にでると、そこいら一面に布きれが散らばっている。センタク物かとみれば、どうも脱ぎすてたパンツなどもまじっている。よけて進むほどの密度で、それを恥じる風も言訳けもなかった。これなどには背後に理屈がないだけに、凄味がある。妙なことにそこの子は、家庭教師が要らぬほどよく出来た。

それはともかく、どの家でもそうだろうが、男の子（女の子も）はどんどん不愛想になり、不可能なくせに両親からはなれ、自活もできると主張するようになるものだ。でも、やはりK子のおかげだろう、そんな道をそれることは一度もなかった。実をいえば、散らかし人間は散らかすのに忙しく、余計なことをするヒマがないのである。

これに比例して、勉学も成績もかんばしくない。長男は中高生時代、とくに英語が大のにがて。かねて今の英語教育をうたがっている私は、酔った勢いで、それにつき討論すべく、これより中学校に参上いたすと電話すると、大あわてで固辞されたこともある。

その長男は今、在アメリカの日本自動車メーカーの技術部にいる。電話すると留守番電話にはいっている英語が、ひとことも分からなかった。次男は自宅二階にオフィスをかまえ、コンピュータ関連の仕事をやり、私たち夫婦はささやかな年金ぐらしにまどろんでいた。

もうすでに余命も片手で数えられるほどになった。こうなると実際、とくに視ることも語ることも尽きている。と言うより突出して輝いている事が、何一つないということだ。人生はこういうものだとする、世にあふれる立派な文句も、思いつかない。一言でまとめるなど、誰にも本当に不可能なことにちがいない。

そんな折、私はある本に出遭った。『前世療法 米国精神科医が体験した輪廻転生の神秘』と『前世療法2 米国精神科医が挑んだ、時を越えたいやし』（いずれもPHP研究所）というもので、著者はブライアン・L-ワイス精神科医である——人生はそれぞれに決まってるし、すべてが偶然どころか無意識にえらびとった結果だと書いてきた。そんな事はあるものか！と、怒りくるって反論する向きも当然、大勢おられるだろう。あの時、べつを選べば、こうはならなかった、という訳である。

L-ワイス医師がこれら一切に完全に答えたかどうか、分からない。しかし、そこに描かれる人の世のすがたは、なるほどと合点するほかない地点に迫っている。ある女性クライエントが診察中、ふかい催眠に入ったとき、とつぜん自分の前世を語りだした。何度かの診察ごとに、べつの前世のことになった。時代も国籍も人種もちがう一生を繰りかえしていたのである。惨めな日本人だったこともある。そうした前世が心的外傷後ストレス障害（PTSD）になって、アメリカでの現世に影響しているという。

私がまさに目をみはったのは、その点ではない。彼女の場合べつの世に生まれても、置かれた階級その他がほぼ同じで、いつも「下」か「下の上」ぐらいなのだ。裕福なことは一度もなく、毎度いじめられるか短命な一生だった。まずまずの暮らしもないではなかったと言うが、この辺までは輪廻転生とくれば想像のつく範囲だ。

驚いたのは彼女の人間関係が毎度、よく似ていることで、著者もそれを指摘している。転生するたび両親、兄弟、親戚、友人、そのほかの近《ちか》しい人々がいて関わってくるが、その人々の性格や役割が毎回じつに似ているのだ。と言うことは死後、人間はまったくの孤独でいるのではなく、先に死んだ肉親、友人、知人のものへ行き、後に死ぬ親しい人々が来るのを待っているのだろうか。つまり一族は当然として隣近所や友人も、たがいに似た人生をおくり、死後また集まってきて、つぎの世もつるんだ状態で生まれでてくる……それがこのクライエントを診《み》たかぎりでは、輪廻転生の形らしい。

してみるとこの世で、個人が選びとる余地などほとんどなく、かなりは配置された周囲の人々が決めてしまう。仏教での輪廻転生は苛酷で、来世なにに生まれかわるか分からない。あらゆる生物に生まれ替れる。これはさすがに認めがたいが、人種、国籍その他も分からぬが、識った者同士でまた来世もくらせるとしたら、なにか安堵できると同時に、変りばえしないのが罰ともなる。今生《こんじょう》（現世）とおなじ世界に堕ちるのが地獄である、という説もあるではないか。金持ちは金持ちで、なにを成しとげても、金持ちの暇つぶしとしか見てもらえない、地獄がある訳だ。

一期一会として現世での出会いを重んじるのは、来世が今生の繰返しになるのを避ける方法になるからだ。継続か変化か――どっちを選ぶかはこの世での本人の努力や、ちがった分野や階級の人との出会い次第になっている。こんな本を読んでは、願わくば私など来世でも、きわだって上流でも下流でもない、気ままな一生をK子のような女性と共にくりかえしたいなどと思いはじめていた。

そんなある冬のうららかな昼日中、とつぜん異常事がつきやぶって出た。となりの集合住宅の完成公開のため、施工主《せこうぬし》がやってきた。もと撮影研究所の土地いっぱいに借家群をたてるについて、不意のマンション建設などに周囲が反撥するのと同じく、いろいろトラブルがあって、私とK子がその調整にうごいていた。

施工がわの二、三人が道路ででむかえ、初対面の人から名刺をわたされた瞬間、

「あっ……この人、なにか引きずってる」

と、K子が私の方によろめき、呻《うめ》くように言った。あまり奇怪なことは言いたくないが、十年ほど前、ある女と話しあった直後、K子がものすごい頭痛におそわれ、病院検査ではなにごともなく、医学以外の方法で完治するという事件があった。以来、K子はなにか悪いもの（英語の thing 同様、人知をこえた事柄をさす）をまとった人に接すると、頭に痛みがくるようになった。こんな「体質」の人も、この世には珍しくない。K子の場合、これが説得力だのなんだのの、根幹だろうと私は思うが、深入りはさけよう。とかく怪しがられ人間扱いされぬこともあるのだが、実は私にもその気がある（K子の方がずっとつよい）。十二年を要して『石原莞爾独走す』（新潮社、二〇〇〇年）を書いた

が、その間、妙に高揚し、「君が代」が口からもれたり軍人ぽくなったが、なにより酒がまったく呑めなくなった。

「陸軍の頭脳」と言われ、昭和六年の満州事変（戦争突入の大きなきっかけ）の主謀者で、私の父が奉天（現瀋陽）の一領事として、石原が仕切る関東軍と対峙したはずなのに、同じ山形出身ゆえに私にその名前をつけたこの将軍は、実は酒がまったく呑めなかった。当時の軍部幕僚の酒びたり大言壮語ぶりを考えると、頭脳明晰な石原の孤立・失脚の原因は、ずばりこの点にあったとしか思えない。私も十二年間呑めなくなったと前述したが、書く相手の性癖が憑《つ》いてくることがある。

　石原は東条英機首相に反対し、中国からの撤兵、対アメリカ戦の回避をとなえだしたものの、遅すぎて同調者がなく、日本はずるずると戦争に落ちてしまった。戦後、極東軍事裁判の酒田での出張裁判で、証人として呼ばれた石原は自分こそ戦犯第一号だと主張した（私もそう思う）が、東条首相に反対した心証が大きかったのだろう、そのまま釈放されている。

　そんな具合の私だから気にとめず、

「それじゃ、見学はやめて、庭で休んでいたら」

と、一応の用心をさせた。しかし直後「ママの様子が変だよ、パパを呼んでる」と、次男が小走りできた。もどるとK子は庭石に腰かけて吐いている。あの時とおなじく額に掌《てのひら》をあてる「手当《てあて》」をやってみたが効果がない。すぐに近くの消防署から救急車をサイレンなしで呼びよせた――静穏であっけないほど軽ろやか、しかし恐しいことの始まりだった。

救急隊員にせかされるまま、私は財布にカギ、健康保険証をポケットにつっこみ、後は次男にまかせ、昏睡状態のK子とともに救急車にのりこんだ。ちかくのK中央病院にむかい走りだす。救急車は重い医療器械のせいでスプリングが固いのだろう、すいすい行く外見ほど乗心地がよくない。ついでに言うとゲレンデでつかう怪我人用のソリも、やたらガタガタする。もっとも安楽だったのは、忘れもしない霊柩車だった。母の棺をのせ私は助手席、リンカーンなどアメリカの高級車を改造した大型車は、せまい道をすれすれに音もなく風にようにはしる。

「これでぶつかる事はないんですか」

シートベルトもないので、いささか心配になって訊《き》いた。

「そんな、霊柩車にぶつかるのはいませんよ」

と、運転士は誇らしげだった。確かにぶつける気になれない車だが、『となりのトトロ』の「ネコバス」ほど柔軟でも高性能でもないので、狭い道のとび出しはさけられまい。変な自慢だなと不謹慎ながらおかしかったのを想い出す。

三　優しさのゆくえ

Ｋ中央病院の搬入口で、Ｋ子のストレッチャーを見送った。やがて脳内出血の形から、べつの病院を紹介しますと医師から言われた。悪評たかいたらいまわしかと疑ったが、

「急を要するので、Ｈ病院を指名します。これの専門家が待っています。救急隊が知ってるので、ご心配なく」

車は再出発し待ちかまえたＨ病院の手術室にＫ子はすいこまれて行った。別室で手みじかな説明をうける。

「これが断層写真です。やぶれた動脈瘤はこれでしょう。直径４ミリほどです」

T字の血管のわかれ目に、ハートそっくりのとび出しがある。

「この形は主な瘤《こぶ》に枝がでたからで、とても薄いと分かりますね。手術では動脈にここまで細い管を入れ、ほそいプラチナ繊維のかたまりをそっと詰め、血をとめます」

「胸あたりから入れるんですか」

「いや、奥様の年令などから、管をまげると血管のカベをきずつけるので、まっすぐ行くよう太腿の動脈から入れます」

「はあ、なるほど」往年の傑作SF映画『ミクロの決死圏』（一九六六）そっくりである。

「プラチナがうまく届いても、出血口のかさぶたがはがれ、再出血することがあります。まあ、百回やって一、二回ほどですし、私はやったことがありませんが」

と、頬がこけ気味、チョビ髭のN医師が早口で言った。

「それで、どうなることで?」

「微妙なオペなんで、一応お伝えして、同意をいただきたいのです」

同意書にサインした。

「手術は五時間とみてください。できるだけ暖めますから、あそこの待合室でお待ちください」
玄関わきの薄ぐらい待合室にもどり、つらなったイスに独りすわった。イスには個々の凹凸があるので、横になれない。十二月初旬としては例年になく凄い寒気を、なんとか押しもどすほどの暖房の中、数十年まえの、あの耳手術の再現だと私はすべての覚悟をきめた——

考えてみると、この五十年で顔にしわがふえるのは表面のこと、みえない体内部品も確実に古びてきている。外観はうつくしく車に乗っていても、内部は経年《けいねん》変化ですりへって、数字にでなくても静かに壊れているのと同じだ。小柄ながらK子は、この日まで、たおやかにとは言えぬが元気だったとは、とんだ思いこみで、二年前、右膝の痛みにたえられず、人工関節を入れる残酷な手術をしている。

「これで歩くときの痛みはあまりないの」と膝の向かい傷のあとを見せて「だけど、足先のしびれがとれない。ガマンできないほどじゃないけど」

と言いつつ、足指をもんでいた。手術のせいだけでなく、座骨神経痛がくわわったためで、おなじ病いをかかえる私には、少しは分かっていた。温泉でも回復しない体ぜんたいの衰えが、こんな兆しにでただけの話である。

それでも彼女は、膝が十分にまがらず自転車にのれないながら、会合、交際、介護ボランティアなどに歩きまわっていた。猛暑の中、リュックに買物をつめて、真赤な顔で帰ってくることもあった。当然、私自身にも耐用年数がせまり、こんな風にうごけぬ病いをかかえていた。でも彼女への甘えがないと言えばウソになる。コマネズミのような活力に寄りかかってきたのは争えない。

それればかりかこの間、どこにも売れぬ原稿を、天下の大事のように書きつづけていた。売れぬどころか、発表にも出版にも金がかかる代物だった。未来がみえぬこの我侭について、K子は一言も言いはしなかった。晴ればれしい旅行にも、いや、近所のお花見にも一緒に行きたかったろうが、何十年と、つねに私の出不精が立ちはだかってきた。バカな話だ。自分の阿呆さ、だらしなさは考えるのもおぞましい。

いま手術台で腿から管を入れられ、脳の手術にたえているK子が命をとりとめたとしても、旅行はおろか散歩だろうと、もはや以前とおなじ晴やかなものとはなるまい。なんとも言えぬ空しさ、悔しさが、待合室の寒さとともに全身にのしかかってきた。

「お寒くありませんか。少し温度をあげましょう」

廊下のほのぐらい奥から、看護師があらわれて言った。私は恐れが先にたって、途中経過をきく勇気もなかった。神仏に祈る法も知らず、K子の「強さ」に頼るだけの、無能な私なのだから。

本格的な手術に入ったのが午後六時ごろだったと思う。前処理のための時間があったのだろう、ふたたび脇《わき》の部屋によばれると、すぐ前にK子の脳のレントゲン図がたてられている。N院長はちょっと面映《おもは》ゆそうに、

「よく有名医というのがおりましょう?　テレビで心筋梗塞《しんきんこうそく》などの手術のいいとこ撮《ど》りをして、あとは周囲にまかせ、さっそうと次の患者にヘリコプターでむかう……あいうのは間違いじゃないが、言うほどじゃないんです。あれが名医なら、私もそれに入るんですよ」

「はあ、なるほど」

事実のようでもあり、家族を元気づけるだけの言葉でもありそうだ。

「問題はこの全体なんです」名医は両腕をひろげてみせ「スタッフをまとめ、術後の処理をどれだけやるかです。デリケートな脳になると、微妙なバランスに神経をつかわねばならず、それが大変なんですよ」

アナウンサーのように、鼻から下が神経質からくる早口だった。ついでレントゲン画像にうつり、

「ごらんのように、症状は脳動脈の血瘤《けつりゅう》がやぶれ、脳をつつむクモ膜の下に血があふれた状態、よく聞くでしょう」

「はあ、よく聞きます」

新聞記事などで見る平凡な記事が、音もなく全身にふりかかった虚脱感がある。

「この辺がこう薄黒くなってる。これに血のまじった液体があるわけです」と、医師はボールペンでぐるりと示した。

「なるほど……」

妻の脳写真の方へ神妙に身をのりだす。

「ところで、奥様に姉妹はおられますか」

「なぜです？」

「クモ膜下出血は女性におおいんです。男はほとんどが脳梗塞になります。血管のこの形、梅の枝のように鋭角にまがってる。この形が遺伝するんですよ」

「高齢の姉がいるだけですよ」

「そうですか、それなら…」

「ただ、妻の母親もやはりクモ膜下出血で亡くなりました」

「やっぱりね。この血管の曲りをみると、まあ、血圧しだいですが、やがて危くなる箇所がほかにもあります。今後も早目の処置がいりますな」——

たしかにその通りだった。

私はすでに何年かまえ偶然とった断層写真で、脳梗塞予備軍になっている。そこが破れれば即死はまぬがれない。運転中だったら自分ばかりか、同乗者、対向車、歩行者の命もうばいかねない。老齢者が大きな事故をおこすのは、小さな梗塞が破れたときだという。私は運転免許証を返上し血がべとつかぬ薬をのみ、水を大量にとり用心している。血圧がすこし高いほかは、K子に変化はなかったが、今度そろって脳の断

層写真を撮ろうと言いあっていた。ところがわずかな雑収入の関係で、

「健康保険がふつう一割なのに、いま三割になってるのよ。あと少しで一割にもどるから待ちましょう」

女性に共通して、わずかなことなのに特売、安売り、割引クーポンなどに目配《めくば》りして、がまんづよく待つ、この心理がそこにも働いてしまった。先がみえぬこととは言え、あさはかな節約だった。何十年かまえ、自分の母親もおなじ病気におかされ、K子は毎日のよう遠路を見舞いにゆき、恐ろしさを身をもって知っていたはずなのに……


十一時すぎ、手術がおわったと報《し》らされ入ってみると、ストレッチャー上のK子はむろん意識なく、鼻口をかくすプラスチックマスク、そこからチューブが何本か生えた未知の生物そっくりながら、かすかに息づいている。

別室でN医師とレントゲン写真を見つつ、

「この辺り、分かりますか。薄い陰がすこし見えます。手術の痕ですが、時間とともに消えるか、やや残るかも知れません」

「はあ、なるほど…」

手術前とおなじ神妙顔になるほかない。

「この部位が何かよく分かりませんが、一応の成功です。あとは経過をみるだけなので、今日はひとまず、お引きとり下さって結構です」

と言われ、さて帰ろうとして、はっと気づいた。救急車にとびのったのはいいが、厚着には気くばりしても、財布にはわずかの金しかない。環状7号線ぞいなのでタクシーは拾えるが、帰宅し次男を起こしても代金が払えるかどうか分からない。

十一時すぎ、まだ終電に間にあうだろうと最寄駅をきくと、向こうの商店街の先にあるという。歩きだしてみたが、予想どおり例年にない寒風がオーバーを透《とお》してくる。長いながい商店街を、足痛をこらえ速足でぬけ、私鉄、JR、私鉄、私鉄の乗換駅でのぼり降り、なんとか帰宅できた。

路線図で分かったのは、わが家からH病院へは、直線では遠くないが、間違なバスをのり換えるか、バス、私鉄、歩きを繋《つな》ぐほかないことだ。翌日、ためしに行ってみたが、商店街の長さが相当なものだった。昨夜あせって歩いたので長く感じたのかと思ったが、本当に長い。都内で環状7号に面していても、車がないとなると足萎《な》えにはとんだ困難を振りかけてくる、そんな場所もあると知った。

翌日午後、次男とともに見舞いに行く。昨夜、黄ばんで死者そのものだったK子は、緊急手術がよかったのか、比較的安定して次男の呼びかけにも反応している。大いに心強かったが、脳にのこっている血液まじりの水が、悪さをしないか心配とのこと。

三日目、驚いたことにリハビリテイション（以下リハビリにする）を始めるとのこと。白衣に紺のカーデガンとスニーカーがお揃《そろ》い、熱帯魚の髭《ひげ》のように両こめかみから細い髪束を一様にたらした娘たちが、車イスをおして、そよ風のように廊下を走りまわっている。

素っ気ない救急病院の中は年寄りか重篤《じゅうとく》患者がほとんど、若い彼女らだけがまるで飛天《ひてん》（天女《てんにょ》）にみえる。それが決まりなのかいつも微笑をうかべ、どんな些細《ささい》な不都合にもすばやく細やかに応じるのが、不精者の私には神々しくさえみえる。人間、どん底までおちると、ちいさな好意にも訳もなく感動してしまうらしい。なにしろバスの中年運転士の、なにかと注意するアナウンスすら、なんて優しいんだろうと身にしみるほどだから……

リハビリ部屋は一階のすみ、驚いたことにカベぎわの車イスにK子がすわっていた。

「ほら、あの人は誰？」

と、Cさんという若い娘のリハビリ療法士がたずねた。こんなか細い女の子が重い患者を動かせるのか、いささか心配になるほどだ。

「……夫です」

と、K子が面白くもなげに答えた。

「来てくださって、良かったわね。それじゃ始めましょう」

と、Cさんは大きな赤い風船を、

「さあ、投げかえして」

と、K子の正面に投げる。K子はすこし驚いた顔だったが、両手でうけて投げかえす。Cさんも見舞いにきたK子の友人二人も私も、手を拍いて激励した。ついで平行棒の端にすがって、ゆっくりした歩行訓練に入った。

「ここまで、がんばって歩いてみましょう」

と、Cさんは白いガムテープを棒にまき目標をしめした。こんな目印のような簡単なことも、その都度くどいほど丁寧にするのは、視力にダメージをうけた患者がいるからだろうが、丹念なことだった。K子は以前から膝の疾患で、ぎこちない歩きだったが、今回のことでは幸いどこにも麻痺がなかった。思いのほかしっかりした歩調で行きつき、一回轉してもどった。

以前、母親が同病のときも、ある朝、彼女がベッドに坐っていて、「お早うございます」と挨拶したので、一同仰天したという話があるが結局、助かることはなかった。その時代より現在《いま》は技術がはるかに進んでいるのだろう。ああ、こんな風に快方へむかうこともあるのかなと、感嘆しつつ少し心なごんだ。

脳外科病院だけに、たえず救急車がやってくる。救急搬入口には、制服姿の隊員がうろついている。ほとんどが深刻な患者、交通事故の負傷者だ。玄関先であわただしく連絡をとるケータイの大声もする。

「……そうなんよ。おっ落着いてや、聞こえる?ここ、うるさいの、前が環7だからさ。きのうから様子みてたん……ないわよ、意識ないの。息はなんとかしとるん…ただねえ…」と、ここから声をひそめ「もう、あかんみたい…だからさ、細い管あんでしょ。あれで余分なんは流してるのよ……それがあ、そこに脳のちぎれたんが、混ってるって…分かる、もう駄目みたい、だって脳ながれとんのよ……これじゃ、いてまうでしょ、いずれ…」

そんな殺伐《さつばつ》を横に、唯一の自動販売機で毎度のこと「午後の紅茶」のホットを買う。こうしてほぼ一週間、K子は回復してるかにみえた――

急転直下、かねて警告されていた痙攣《スパスム》がK子をおそった。いわばゆりもどしなのだろうか。

目をとじた顔に人工呼吸やほかの管、ロボット風の機械が体調をみはっていて、ちょっとの異状にもピーピーと音をだす。腕には点滴、顔がにわかに紅潮しむくんで、何かと懸命にたたかっているとみてとれた。呼びかけてもわずかに反応し、なにか伝えたい風もみえるが分からない。

リハビリ係りのCさんは残念そうに、

「あれですんなり治る場合もあるんですよ」

と言うので、

「それは若い人の場合でしょう」

と答えると、

「そうばかりじゃないです。でも、スパスムが起きちゃうとねえ」

次男がようやく迫りくるものに気づき、車で私を運ぶと言いだした。とはいえ若ごのみで二人乗りの「ふざけた」車、でも環7ぞいだけに三十分で着いてしまう。「人は死に直面したときのみ、真面目になる」と、誰やらえらい哲学者の言うとおりだ。わが経験になおせば、「大学生は試験に直面したときのみ、真面目になる」となるところか。

次男は在アメリカの長男と、老齢者にはよく分からぬ方法で交信していて、病状はもとより映像までおくりつけていた。二週目、ようやく長男が、五才の男の孫と嫁をつれて帰国し、そろって見舞いにゆく。顔をみて「帰ってきたの」とK子はわずかに反応する。そのくせ当初から自分がアメリカにいると錯覚していて、いくら諭《さと》しても考えを変えない時期がつづいた。

そろって執刀医のもとに集まる。スパスムによる心肺不全はやっと峠をこえ、安定している由。ただし、いつ悪い方へ転じるかは予断をゆるさない……感染の危険から、孫は遠くから手をふり声をかけるしか出来ず、K子の反応もよく分からない。一番に会いたがった相手だけに残念だった。

やがて酸素吸入のチューブがとれたものの、鼻孔から管がささっていて話がよくできない。めでたい事に十八日目、ICU（集中治療室）――開けぱなしで密封性のない部屋だが――から、一人用の一般病室にうつることになる。自力呼吸ができるので、もはや大丈夫とのこと。

翌日、血圧脈搏の器械がとれた。排便の気遣いは依然そのままでも、なにより手足や舌や表情が自然にうごくのが上乗だった。長男、次男、嫁のことを見分け、下で待機している孫を気にしている。

「犬と猫では、ママは犬の方が好きなんだよね」

と誰かが寝呆けたことを言うと、動物好きのせいで笑顔をみせ、手話で〝自分はしあわせ〞と言いつづけていた。

孫に会えぬことを不審がりながらも、入院中、自分の誕生日がすぎ、一つ歳をとったと知ったように、論理的な会話はまずまずできる。ただし周囲は重病患者ばかりで、呼吸器がはずれたときのピーピー音がなりひびき、耳に入ってくる。そばのナースステイションでは一晩中コールがつづく。おまけに救急車のサイレンが瀕死者をはこびこむという具合に、耳ざわりな音の氾濫がK子をわずらわせる。

さて執刀医が皆をよびよせ、断層写真をみることになる。いつもの早口で、

「この辺りに水がたまっているのが見えます。血のまじった水ですがね。これが悪さをせず吸収されれば、快方にむかう。ただ、回復が思ったより鈍いので、水を管で下におとし、内臓に吸収させる手術をせねばなりません、まあ、予定のことですが」

これを水頭症というらしいが、有効ならすぐに取りかかると言うので、私としては同意するほかない。交通不便をおしてほぼ連日、寒風のなか通ったため、私は一日休むことにして、ほかの者に見舞いをまかせる。一同帰ってくるなり、偶然に孫に会え

たK子が喜んでいたと聞いて、気がぬけるほどほっとしてしまう。明日は水をぬく手術をする由。手術というより処置だろうと勝手にかんがえて、気をしずめた。

手術の翌日、女友達二人が来て元気づけてくれる。車椅子のK子は教科本の図形を写すリハビリの最中だった。まるで幼稚園児のやりそうなこと——今の園児はバカにするかも知れない——に、首をひねりながら格闘している。私をみるとCさんが近づいてきて、

「奥さんって、あんなに大きなお子さんを生んだんですね。ほんとにすごい、驚いちゃった」

と言うので、

「君にだって出来るじゃないか。小さく生んで大きく育てただけだよ」

と答えながらCさんを間近にみると、孫のようで可愛いい。人生、若さほど貴重なものはないのに、その最中はまるで気づかず浪費してしまい、私の歳になってやっと分かる。とはいえ、こうした名づけようもなく意地悪い時間の正体は、誰にも本当にバレている訳ではないが……

その日のうちに口のチューブもとれ、女友達との会話もできている。声は心もとないが、しゃべる内容は筋がとおっていて完全だし、ちょっと洒落た語彙《ごい》もでてくる。ところが長男一家のアメリカ暮しを以前みた印象がまだつよいせいか、ここが日本でないとの錯覚はつづいている。

こういう記憶の混濁は多方面におよぶ。知合いだった日本赤十字社のT外科部長が、自分の搬送や入院の一切を、とり許《はか》らってくれたと信じこんでいて、言葉のはしばしにそれが出る。

その方は六年前に亡くなって、今年、七回忌なんだよと教えると、

「え——そんなこと、ありえないわよ」

と、唖然《あぜん》としている。

「きっとT先生が夢にでてきたんだよ」

「夢?……まさか。いまそこに居て、もう大丈夫だよって、笑顔で励ましてくれたのよ。ここの先生だってみんなT先生のお弟子さんでしょ」

と、見当ちがいだが信じこんでいるらしい。

T先生はおなじ町内の住人で、秋の一日、一家総出で庭で火をたき酒をくみかわした仲だった。K子のことが大のお気に入りで、なにかと便宜をはかってくれた。病気、入院とくれば、彼女にはT先生以外に人はいないことになる。これに限らず、先ごろ亡くなった人々のことも納得できない。すべて自分の入院中のことに思えるらしく、この混乱はかなり続き消えなかった。

長男一家はクリスマス休暇をつかい果たし、ひとまずアメリカに帰ったので、二度目の手術の成果はかの地で知ることになった。なるほどリハビリを見ると、徐々ながらも運動能力が上がっていると分かり、Cさんも明るく応対してくれる。

「その細い体で、よく大きな患者を扱えるね」

と、私が言うと、

「あら、奥さんは軽いから楽な方ですよ」と屈託がない。

ある日には、廊下の病室まえで憮然《ぶぜん》として車イスにすわっている。聞けばこうするのも、体力《スタミナ》をつけるリハビリの一環だとのこと。赤ン坊の首がすわるよう、坐らせておくのと同じだろう。食事も流動食から固形食——ゼリー風のもの——へうつり、一生の始めをやり直して母乳から離乳食になるようなものだ。

年末、正月があわただしく過ぎ、年賀状の束をわたすと一枚一枚ゆっくりと読み、知人の子供の近況などにも興味がおよぶらしく、旦念に訊いてくる。孫が置いていった励ましの手紙も、くりかえし読みふけっている。

子供のころ講談本で、道中のお女中が病いでくるしむところへ、青侍《あおざむらい》が登場、これはこれは、さぞかし大儀《たいぎ》でござったのう、などと言って印籠の薬をあたえると、〝薄紙をはがすように治っていった〟とあるのを読み、ああ、いつか薄紙の実例を見たいと思ったが、K子に起こるとは辛いことだが幸運にはちがいない。

K子は確実に死から生の方へ、生から人間の方へもどってきていた。さらに人間から女へも帰っていることは、オシメでなく自力での排泄に、また肉親をふくめた人間関係に、つよくこだわる点に感じられる。人間への関心は、ちかくの患者にもおよんでいて、夜中ピーピーと音がするたび、入院前に介護奉仕していた時の気持がうごくらしい。あれはナースコールじゃなく器械が鳴っているんだよ、と教えても納得できず、ストレスになっているようだ。

ストレスといえば私も困惑していた。K子がこなしていた家事ばかりか、確定申告のような事務上のこまかな事が、重くのしかかって来た。おまけに彼女の身柄についても大問題がおきてきた。K子の移動である——生死の境から人間にもどると、救急病院からリハビリ専門の場へゆかねばならない。

「ところで、その方は決まりましたか」

廊下を歩きつつN先生に訊かれた。

「いいえ、まだです」

と言いつつ、私はまだ楽観していた。

あるとき、ほんの気のまぎれから、リハビリサービスがよさげな病院に、一〇四番をたよりに片っ端から電話して愕然とした。行政なのか法律なのか、怠慢なのか拒否なのか、非道なのか無慈悲なのか、不足なのか偏《かたよ》りなのか、さっぱり分からないがすべて門前払いなのだ。

日本とは言わず都内でも、K子のような症例が山ほどあって、それぞれに困っているると推察できる。ところが大病院とおぼしき処も、外部患者に目をかける気はまるでないと言うばかり、いつでも受入れ可能は、はるかに遠い山間の病院だけだ。これではー体、山ほどいるはずの患者は、どこでどうなっているのだろう。

翌日、K子が膝手術のあと通っていた、近間《ちかま》のリハビリ・クリニックに、全くべつの用事で電話した折、話のついでに駄目を承知でお宅にはベッドの空きはありませんか、と訊くと、

「いまは塞がってますが、二月七日以降なら空いています」

との返事だった。地獄に仏とばかり、

「今、そこを確保できますか」

と言うと、二つ返事で承知とのこと、一人部屋で割高になるが、どうのこうの言える場合ではない。

その夕方、定時の見舞いの後、一日じゅうゼリーでかためた食事ではあんまりなので、新たに買った中古の軽乗用車にK子をのせ、次男の運転でファミリー・レストランで食事をし、K子も大満足でともに新しい住居に移れることを喜びあった。

発症が昨年の十二月七日、二度目の手術が一月七日、そして退院が二月七日……な

るほどT先生が陰ですべてラッキー・セブンで手配してくれていると、K子が当然のように言うのも、どこかで当たっているのだろうか。

こうして「心がけのいい」K子は、寒風のなか（この冬は異様に寒かった！）長時間かかる病院から、目と鼻の先のリハビリ・クリニックへ無事うつり、あとは青侍がくれる薬でゆっくりと、〝薄紙をはがすよう〟に平癒《へいゆ》にいたると、まるで講談本のように終るはずだった。

それを大鉄槌《てっつい》のように砕いたのが、三月十一日の東日本大震災である。

堅牢なつくりのクリニックは心強いはずが、揺れは相当だったらしい。K子はナース・ステイションの隣りにいたが、それがかえって不安をあおった。余震のたび各病室からコールが入るからである。

日曜をはさんで様子をみていた私は、これが潮時とかんがえた——自宅での生活に不安はあるが、さいわい次男も私も在宅している。K子の世話ぐらい、なんとか出来るだろう。かねて膝の手術後、要所をバリアフリーに造りかえ、トイレ、風呂、階段に手摺りをつけてもらい、ドアも引戸にとりかえている。

そこで大震災の三日後に退院させた。とはいえ昼はK子の起居をたえず見張ってなくてはならない。認知症の老人とおなじく、トイレの方向などすぐに忘れてしまうからだ。夜はK子をベッドに、次男か私がその下に寝る。トイレだけは自分で行けるよう灯りをつけ、病院食よりはかなりマシな次男の料理か、コンビニの弁当を食べるようにする。

しかし、病状はそう単純ではない。外見《そとみ》にはよく思いついたなと思える言葉が出たつぎの瞬間、K子の表現によると脳の中で、ケシゴムでのようにすべて消えるらしい。些細な、しかし気になる知識、いま居る町名と番地、隣人の名とその家族構成、ときどき吠えるどこかの飼犬の種類、うちで「飼っている」半ノラ猫の由来、すべて倒れる前から心得ているのに、覚える端から消えてしまうのだ。

療法士には遠慮していた質問、答え、再質問、答え……が四六時中くりかえされる。そういう自分（かつて記憶力ばつぐんだった）に居つづけてるのがもどかしい。ただしこの苛立ち自体、よく考えると一つの進歩なのだろう。なぜなら、少し前の失敗を少くとも記憶しているのだから。

これを高次脳機能障害というらしい。一見、正常らしくとも、言語、計算、数字、記憶、方向、集中力など、なにかが欠落している。だから自宅の東西南北などを毎日のように確かめずにいられない。

方向音痴……なるほど。

以前、あるインテリのフランス人の東京ガイドをしたとき、山手線の中で「自分は不運にも戦争に行ったので、腕時計の針と太陽の位置で方角をはかる癖がぬけない」と言うので、「自分は不運にして戦争に行かなかったが、方角測定はまちがえない」と言うと、「不運にしてじゃないよ。戦争に行かずにすむなら、方角なんて分からなくてもいい」と笑い合ったことがある。デパートに入るとトイレが見つからず、うろうろする知人がいる。いい大人にしてこれなのは、高次脳機能障害の一つなのではなかろうか。

脳障害はいろいろあるが、クモ膜下出血は回復に時間がかかり、年単位で考えねばならぬらしい。リハビリにいくら精をだしても、目にみえて効果があがる世界ではない。でも治るときには、もやもやの霧がさっと晴れるらしい。以前は私が先に死んで、後はしっかり者のK子にまかせようと、虫のいいことを考えていた。今やK子の方で、「死ぬなら私の後にしてね」と頼まれる始末、私がすこし長生きしても、どうなるものでもあるまいが。

発症してからほぼ一年がすぎた。近頃は私が電話するのを聞いていて、「はいはいと二つ返事はいいけれど重ね返事は失礼ですよ」などと文句を言うものの、しばらくすると忘れていたりする。こんなことに気づくだけ治ったとみるべきなのか、脳のようなデリケートな密室の中のことで、判定のしようがない。時にはっきりしていながら、時間と空間の感覚がとぼしいので、自宅がどこにあり、いつから居るかも、よく分かっていない。

これから何ヶ月、何年さきのK子が、以前のようにしっかり歩き、喋り、生活できる状態にもどれるのか。たとえ半年でも霧のはれた視界良好で、家族や世の中を見えるようになってほしい。と言うのも、症状の改善と老いの衰えとが、いわば競走になっていてそれに勝てるかどうか、その行方の問題にもなってきているからだ。

最後に二つ、どうしても言いたいことがある。これは一家庭の女性の記録といえば、いかにもおおげさになる。年号でいうのは嫌いだが、Ｋ子はやはり昭和としか形容しがたい激しい変動をどっぷりと生きていて、平成には見当たらぬタイプかも知れない。その模範ではないが一典型を、成功かどうかはともかく、書きのこしておきたかった。

もう一つ、昔、ＴＴという中堅の作家がいて、私も愛読者の一人だった。記憶はあいまいだが、とつぜん愛妻を亡くされたことを雑誌に書いた。ところが当時の少壮評論家の一人がそれをとらえ、ふだんの鋭利な文体は面影もない、ただメソメソしてるだけではないか、いつもの非情ぶりはどこへ行ったのか、と痛罵《つうば》した。おかげでＴＴは作家人生のいくらかを消されてしまった。記憶はぼんやりだが作家たるもの、そこまで言われるものかと、若い私も義憤をおぼえたものだ。

多分、愛妻の死にさすがのＴＴも動揺したのだろう。雑誌の一文にさほど罪があるとも思えなかった。作家は作家を、詩人は詩人を、弁護士は弁護士を一匹飼って商売しているのだが、おどろいた拍子にそれが逃げてしまい、飼主が書くことになったに過ぎない。私の場合も逃げかかったが、首輪にリードをつけていたので、幸い孤立にはいたらなかった。

これを書くに際し、ＴＴのことがどうしても頭をよぎる。私の思い違いならいいとしよう。でも彼は中堅作家、私はあまり知られぬままですでに老境の作家、失うものは何もない。人生をあまり知らぬ少壮評論家が、いかように悪口をとばし批難しても、すこしも驚かぬ覚悟だけはできているつもりだ。

あとがき

いままで私は私小説に類するものは、読むのも書くのも極力さけてきました。実人生の粉末をふりかけたことはあるが、私小説には程遠かったはずです。現在の文壇がどうか知らないが、私が芥川賞候補になった直後、出世したいなら私小説を書けと露骨に言われ、しかたなくそれ紛《まが》いを書いたものの、以後、何事もないままここまで来てしまいました。

本篇をごらんになり、なにやら私小説くさいと思われても、作者としては否定せざるをえません。たとえば父との確執《かくしつ》も、そのほかのことも書けないものがまだ沢山あります。本格私小説や自伝なども、この程度のことでしょう。赤裸々な真実……など嘘にきまってるし、それを書いたから傑作になるとは更《さら》なる嘘で、おそらく読むに耐えぬことになるでしょう。

一つ気になるのは、末尾でふれたように、今まで続けてきたいわゆる「悪夢物」を、こんな私事でかなぐり捨て、なにやら同情にすがるような、安易な話をよくも書けたものだと、一蹴され嗤《わら》われることです。雑誌段階で現に、友人からもそう言われました。そうなっても一向に驚かないのは、これこそが最大のしかも正夢の「悪夢物」だからです。喧嘩を売るつもりはないし、誰も買わないでしょう。むしろ近頃の「文壇」（そんなものがまだ在るとして）では、私がかつて先輩から浴びた直言や批判があまりないことが、全体の衰運の原因ではないかと、老婆心ながら思っています。

自身をとり戻しつつあるＫ子が、自分のことが載った雑誌を思いがけず嬉しそうに、少女のように胸に抱いて歩くのを見て、最期の恩返しをして、できたら本格本にしてどれだけ罪があるのか、どんな罰がくだるのか、私共のみじかい余生で何をおそれているのかと、いまごろ偉そうに開きなおっています。

文中にあるように、Ｋ子の姉や兄弟も、父親にはやく死なれたため、その頃の撮影事情がよく分からぬのは、映画好きぐらいで素人の私とおなじようです。時代の証人も減ってゆくなか、非才ながら少しおぎない得たのが、まずは満足です。それ以上の貢献はなにもできませんでした。

なお、本書の出版にあたり、作品の発見から編集、製本、出版にいたるまで、一手にひきうけて下さった「めるくまーる」の梶原正弘さんに、また直接間接にはげまして下さった方々に、末筆ながら一言、心からお礼を申し上げます。

二〇一二年 春

花輪莞爾

本書は友人とともに版を重ねてきた「季刊 現代文学」83号（平成23年）に掲載された同題の一篇に、かなりの加筆修正をへて出来上がったものである。

著者紹介

花輪莞爾（はなわ・かんじ）

作家・翻訳家。一九三六年東京生まれ。一九六〇年東京大学文学部卒業。一九六五年同大学院博士課程修了。國學院大學名誉教授。フランス世紀末文学、とくにアルチュール・ランボーを研究。一九七一年、「渋面の祭」「触れられた闇」が芥川賞候補作品となり、小説集『ガラスの夏』（角川書店）を刊行。ほかに『埋もれた時』（河出書房新社）、『悪夢「名画」劇場Ⅰ・Ⅱ』（行人社）、この2点より抜粋した文庫本『悪夢小劇場Ⅰ・Ⅱ』（新潮社）、さらに集成として『悪夢百一夜』（ウチヤマ出版）。『坂本龍馬とその時代』（新人物往来社）、『石原莞爾独走す』（新潮社）、『猫はほんとうに化けるのか』（徳間書店）、『海が呑む―3・11東日本大震災までの日本の津波の記憶』（晶文社）などがある。翻訳としてJ・ヴェルヌ『海底二万海里』（角川書店）、F・ポワイエ『禁じられた遊び』（角川書店）、『ランボー全集』（共訳、人文書院）などがある。

優しさのゆくえ

二〇一二年五月一〇日　初版第一刷発行

著者　花輪莞爾

発行者　梶原正弘

発行所　株式会社めるくまーる
東京都千代田区神田神保町一―一一
電話　〇三（三五一八）二〇〇三
URL http://www.merkmal.biz/

装丁　大村麻紀子

印刷・製本　ベクトル印刷株式会社

ISBN978-4-8397-0148-2　Printed in Japan